COLORES

KETCHUP

JABÓN

Cómo cuidar de tu mamá

Texto: **Jean Reagan** Ilustraciones: **Lee Wildish**

Picarona

A todas las mamás
del mundo,
¡especialmente a la mía!
-J. R.

Gracias, mamá.
-L. W.

Puedes consultar nuestro catálogo en www.picarona.net

CÓMO CUIDAR DE TU MAMÁ
Texto: *Jean Reagan*
Ilustraciones: *Lee Wildish*

1.ª edición: noviembre de 2017

Título original: *How to Raise a Mom*

Traducción: *Raquel Mosquera*
Maquetación: *Isabel Estrada*
Corrección: *Sara Moreno*

© 2017, Jean Reagan y Lee Wildish
(Reservados todos los derechos)
Título publicado por acuerdo con Random House Children's Books,
una división de Penguin Random House LLC.
© 2017, Ediciones Obelisco, S. L.
(Reservados los derechos para la lengua española)

Edita: Picarona, sello infantil de Ediciones Obelisco, S. L.
Collita, 23-25. Pol. Ind. Molí de la Bastida - 08191 Rubí - Barcelona - España
Tel. 93 309 85 25 - Fax 93 309 85 23
E-mail: picarona@picarona.net

ISBN: 978-84-9145-112-9
Depósito Legal: B-23.218-2017

Printed in Spain

Impreso en España por ANMAN, Gràfiques del Vallès, S. L.
C/ Llobateres, 16-18, Tallers 7 - Nau 10, Polígon Industrial Santiga
08210 - Barberà del Vallès (Barcelona)

Cuidar de tu mamá es divertido..., ¡es importante!
¿Estás preparado para algunos consejos?

En primer lugar, ayuda a tu mamá
a empezar el día relajada.

CÓMO EMPEZAR SU MAÑANA:

- Déjala dormir; sólo un poquito más.

- Luego despiértala
  con muchos muchos besos.

- Abre de golpe las cortinas y di:
  «¡A levantarse!
  Tu desayuno está listo».

Cuando sea hora de vestirse, asegúrate de darle opciones.

CÓMO VESTIR A UNA MAMÁ:

No demasiado seria.

No demasiado ridícula.

No demasiado brillante.

¡Perfecta!

Una mamá puede olvidarse de cosas cuando tiene prisa por salir de casa, así que ayúdala apilando todo junto a la puerta:

Tentempiés, juguetes, bolso, llaves, teléfono,
lista de la compra, libros de la biblioteca para devolver,
cartas para enviar, más tentempiés y más juguetes.

Hacer recados es divertido hasta que...
acabas en una cola interminaaaaable.

Si tu mamá empieza a ponerse
de mal humor...

Sorpréndela con un tentempié
y un juguete.

Si eso no funciona...
representa una historia ridícula.

Si eso *tampoco* funciona, prueba a decir con un tono
muy alegre: «Muchas gracias por ser tan paciente, cariño».

Cuando *por fin* hayáis terminado, puede que con un poco de suerte os encontréis con alguna amiga. Organiza de inmediato un rato de juegos para tu mamá.

Susúrrale:

«¡Recuerda que hay que compartir!».

De vuelta en casa, si tu mamá tiene que trabajar, dile:
«Es hora de estar en silencio. Chsssss».

Después empieza tu propio trabajo.

En días normales, las mamás limpian sin que nadie
se lo pida (probablemente lo hayas notado).

¡Hoy te toca a ti!

Una mamá feliz, sana y FUERTE necesita... ¡ejercicio!

CÓMO HACER EJERCICIO CON UNA MAMÁ:

Turnaos para marcar goles.

Haced una carrera contra el viento.

Saltad como canguros.

Columpiaos como un mono.

Deslizaos como una serpiente.

Cuando tu mamá esté agotada, enséñale
la mejor manera de relajarse.

CÓMO RELAJARSE:

- Aguantad en una postura de yoga todo el tiempo que podáis.

- Tumbaos en el césped y buscad gusanos que se retuercen, caracoles babosos y bichos regordetes.

- Cántale una canción de cuna.

Pero ¿qué pasa si la lluvia no os deja salir de casa?

CÓMO ENTRETENER A UNA MAMÁ DENTRO DE CASA:

Organiza un día de playa en el salón.

Enséñale a pintar un arcoíris.

Monta un zoo que ocupe todo el suelo
(¡no te olvides de los tiburones!).

Pronto será la hora de cenar, lo que significa que casi seguro habrá... verdura. Si tu mamá es tiquismiquis con la comida, prueba estos trucos:

- Brócoli: Jugad a que ella es un dinosaurio que engulle árboles. ¡Grrrr, ñam, ñam!

- Coliflor: Son árboles nevados. ¡Grrr, ñam, ñam!

- Zanahorias: Colócalas en forma de corazón.

- Déjale escoger: «¿Qué te vas a comer primero: los guisantes o las judías?».

Cuando empiece a anochecer, puede que tu mamá quiera pasar directamente a los cuentos para dormir. Pero dile: «No, todavía no.

Primero tienes que:
Guardar-los-juguetes-
Lavarte-la-cara-
Ponerte-el-pijama-
Cepillarte-los-dientes-
Meterte-en-la-cama».

Ahora es la hora de los cuentos.

Si te pide: «Uno más, por favor».

Dile: «Está bien»; pero sólo uno.

Recuérdale que es importante que se vaya a dormir a su hora.

Después, acurrucaos y pregúntale: «¿Qué ha sido lo mejor de hoy?».

Ella te abrazará y contestará: «¡Tú!».

...y así es cómo se cuida de una mamá.